IMPORTANTE RÉUNION

D'ANTIQUITÉS

DE PERSE & DE SYRIE

COMPRENANT

BELLES FAÏENCES DE FOUILLES

Sultanabad - à reflets métalliques - Rhagès - Guébry et Rakka

POTICHES POLYCHROMES, BOLS, PLATS & ASSIETTES

Verres irisés de Syrie et Verres de Perse

MANUSCRITS ENLUMINÉS, MINIATURES, BRONZES, CUIVRES

Etoffes, Soieries et Toiles imprimées

ANCIENS BIJOUX OR ET ARGENT

Objets divers

BEAUX TAPIS DE PERSE

DONT LA **VENTE** AURA LIEU

HOTEL DROUOT — SALLE N° 11

Le Lundi 1er et le Mardi 2 Décembre 1913

à 2 heures

COMMISSAIRE-PRISEUR :	EXPERT-ANTIQUAIRE :
Me G. FRANÇOIS	**M. E. D. PIGNATELLIS**
23, Rue Le Peletier, 23	*10, Rue de Montpensier, 10*

CHEZ LESQUELS SE DISTRIBUE LE CATALOGUE

EXPOSITION PUBLIQUE

A L'HOTEL DROUOT, le Dimanche 30 Novembre 1913, de 2 h. à 6 h.

NOTA. — Les TAPIS et ÉTOFFES seront vendus le Mardi 2 Décembre, à 4 h. 30

C. Chaufour
Impr.
8, rue Milton
Paris

CONDITIONS DE LA VENTE

La vente sera faite expressément *au comptant*.

Les acquéreurs paieront **dix pour cent en sus** *des prix d'adiudication.*

L'exposition publique mettant les acquéreurs à même de se rendre compte de l'état et de la nature des objets mis en vente, il ne sera admis *aucune réclamation* une fois l'adjudication prononcée.

L'Expert se réserve le droit de grouper ou de diviser les lots.

M E. D. Pignatellis se charge aux conditions habituelles (5 o/o sur le chiffre des adjudications) des commissions qu'on voudra bien lui confier.

L'ordre des numéros du Catalogue pourra ne pas être suivi.

ORDRE DES VACATIONS

Lundi 1er Décembre 1913

Verres irisés de Syrie	Nos 1 à 68
Bol, plats, assiettes	69 à 109
Faïences de fouilles de Perse	131 à 199
Faïences de fouilles de Syrie	275 *bis* à 282 *bis*
Potiches de Perse	283 à 305
Plats, bols et faïences de Perse	317 à 332 *bis*
Plaques de revêtement	333 à 340

Mardi 2 Décembre 1913

Bols, assiettes et plats de Perse	110 à 130
Faïences de fouilles de Perse	200 à 275
Potiches de Perse	306 à 316
Bronzes et cuivres	341 à 357
Tapis de Perse à **4 h. 30**	358 à 397
Etoffes et soieries de Perse	398 à 424
Manuscrits, miniatures, verres et toiles imprimées	425 à 461
Bijoux anciens, or et argent, objets divers	462 à 476

DÉSIGNATION

VERRES IRISÉS DE FOUILLES

DE SYRIE

1 — Cinq *bracelets* irisés.

2 — Cinq *bracelets* dont quatre irisés et un phénicien.

3 — Deux petits *flacons* irisés dont l'un bleu.

4 — Deux petits *flacons* irisés, un long et un pomiforme avec épines.

5 — *Verre* à boire à pied, irisé. Pièce intéressante.

Haut. : 0m11.

6 — *Œnochoé* jaunâtre, à anse verte large avec cannelures verticales, bague en relief à la base du col.

Haut. : 0m15.

7 — *Bouteille* rougeâtre piriforme, col évasé. Très belle irisation vert bleu-ciel.

Haut. : 0m12.

8 — Deux petits *flacons* : un pomiforme avec cannelures blanches circulaires sur la panse et un piriforme avec épines.

Haut. : 0m07.

9 — Deux petits *flacons* : un piriforme rougeâtre, col évasé, et un pomiforme, col évasé et ornements en relief sur la panse.

Haut. : $0^{m}06$.

10 — Beau *flacon* blanc piriforme, goulot long, ornements en relief sur la panse.

Haut. : $0^{m}09$.

11 — Deux *œnochoés* à anse et goulot trilobé. L'une jaunâtre, anse verte, et l'autre mordoré.

Haut. : $0^{m}13$ et $0^{m}12$.

12 — *Vase*, goulot très évasé, cannelures verticales sur la panse. Magnifique irisation multicolore.

Haut : $0^{m}08$.

13 — Petit *bol*. Belle irisation.

Diam.: $0^{m}08$.

14 — *Bouteille* piriforme, pâte verte, dessins circulaires et festonnés en pâte blanche. Irisation bleue et verte.

Haut. : $0^{m}13$.

15 — *Vase piriforme*, goulot large. Belle irisation multicolore.

Haut. : $0^{m}07$.

16 — *Œnochoé* jaunâtre à anse, goulot trilobé, ornement en relief.

Haut. : $0^{m}12$.

17 — Deux *vases* pomiformes, goulot peu évasé, irisés.

Haut. : $0^{m}06$.

18 — *Amphorisque*. Très belle irisation multicolore.

Haut. : $0^{m}11$.

19 — *Flacon* pomiforme, goulot long et étroit. Irisation argentée.

Haut. : $0^{m}11$.

20 — Deux *flacons* : un long bien irisé et un avec ornements en relief.

Haut. : $0^{m}10$.

21 — *Coupe* profonde. Belle irisation argentée.

Diam. : 0m08.

22 — Deux *flacons* pomiformes : un blanc bicéphale et un à goulot large et à décor quadrilatéral sur la panse avec irisation bleuâtre.

Haut. : 0m08.

23 — Petit *flacon* piriforme. Magnifique irisation.

Haut. : 0m07.

24 — *Bouteille* pomiforme, goulot long évasé, ornement sur la panse.

Haut. : 0m12.

25 — Deux *flacons* : un blanc bicéphale et un pomiforme, pâte verte, dessins circulaires et festonnés en pâte blanche, irisation multicolore.

Haut. : 0m07 et 0m09.

26 — Deux *vases* : un pomiforme à cannelures en relief sur la panse, en cercles et en zigzags et un autre irisé à goulot évasé et ornements en relief.

Haut. : 0m06.

27 — Deux *flacons* pomiformes : un mordoré, goulot évasé et cannelures verticales sur la panse et un à goulot long avec bague au milieu. Bien irisé.

Haut. : 0m11.

28 — *Amphorisque phénicien* à deux anses, pâte bleue foncée, cannelures sur la panse et dessins en festons en pâte blanche.

Haut. : 0m09.

29 — *Flacon* cloche vert bleu, goulot long peu évasé. Irisation argenteé.

Haut. : 6m09.

30 — *Flacon* pomiforme à deux anses courtes sur la panse, goulot très bas.

Haut. : 0m07.

31 — *Flacon* pomiforme à goulot court et évasé, ornements quadrilatéraux en relief sur la panse.

Haut. : 0^m08.

32 — *Flacons jumeaux* cerclés de fils circulaires en relief, à deux anses. Belle irisation multicolore.

Haut. : 0^m12.

33 — *Flacon* pomiforme bicéphale, ornements points en relief entre les deux têtes. Belle irisation.

Haut. : 0^m07.

34 — *Balsamaire,* ornements en relief sur la panse.

Haut. : 0^m11.

35 — *Flacon* pomiforme, goulot évasé, ornements en relief sur la panse.

Haut. : 0^m09.

36 — Rare et belle *coupe* en pâte de verre grise-bleuâtre. Pièce intéressante de collection.

Diam. : 0^m08.

37 — Petit *miroir* rond, irisation multicolore, encadrement en terre cuite. Pièce intéressante et curieuse.

38 — Beau *flacon* piriforme mordoré avec cannelures blanches circulaires sur la panse. Irisation multicolore.

Haut. : 0^m13.

39 — *Vase* pomiforme, goulot bien évasé. Irisé.

Haut. : 0^m09

40 — Deux verres : un *flacon* rougeâtre pomiforme, goulot long et évasé et un *vase* verdâtre irisé, goulot large.

Haut. : 0^m10 et 0^m08.

41 — Deux *flacons* pomiformes rougeâtres.

Haut. : 0^m10 et 0^m09.

42 — Grand *flacon* pomiforme, goulot évasé. Irisé.
Haut. : 0m18.

43 — *Flacon* jaune pomiforme. Belle irisation.
Haut. : 0m14.

44 — *Œnochoé* à anse, goulot trilobé.
Haut. : 0m14.

45 — *Flacon* rouleau à anse, cannelures verticales sur la panse. Irisation verte-bleue.
Haut. : 0m19.

46 — *Flacon* pomiforme mordoré, cannelures sur la panse, goulot évasé. Belle irisation.
Haut. : 0m10.

47 — Quatre petits *vases* pomiformes bien irisés.

48 — Deux *vases* nacre, goulots larges. Belles pieces.
Haut. : 0m06.

49 — Très joli *flacon* pomiforme, superbe irisation doree.
Haut. : 0m09.

50 — *Vase* pomiforme, goulot large, cannelures verticales sur la panse. Superbe irisation multicolore.
Haut. : 0m06.

51 — Deux *flacons* pomiformes, goulot évasé, cannelures verticales sur la panse.
Haut. : 0m10.

52 — *Vase pomiforme*, goulot large. Belle irisation verte.
Haut. : 0m10.

53 — *Vase pomiforme* goulot bas, cannelures verticales sur la panse. Belle irisation multicolore.
Haut. : 0m07.

54 — *Vase pomiforme*, goulot peu évasé. Belle irisation.
Haut. : 0m07.

55 — Deux *flacons*. Belle irisation.

Haut. : 0m13.

56 — Deux *flacons* : un nacre à dépression, goulot étroit et un pomiforme, goulot bien évasé, irisation multicolore.

Haut. : 0m08.

56 *bis* — *Coupe* à pied. Belle irisation.

Haut. : 0m09.

57 — *Beau gobelet.* Superbe irisation.

Haut. : 0m09.

58 — *Vase pomiforme*, six petits appendices sur la panse. Magnifique irisation rouge feu vert.

Haut. : 0m06.

59 — *Gobelet cylindrique.* Très belle irisation.

Haut. : 0m10.

60 — *Vase pomiforme*, douze petits appendices en deux cercles Magnifique irisation multicolore.

Haut. : 0m07.

61 — Beau *flacon* pomiforme, goulot évasé. Superbe irisation multicolore.

Haut. : 0m10.

62 — Deux petits *vases pomiformes*. Superbes irisations.

Haut. : 0m04.

63 — *Flacon pomiforme*, goulot évasé. Irisation multicolore.

Haut. : 0m12.

64 — Beau *flacon pomiforme*, goulot évasé. Superbe irisation extra.

Haut. : 0m10.

65 — *Vase pomiforme*, ornements quadrilatéraux sur la panse. Magnifique irisation multicolore.

Haut. : 0m07.

66 — Beau *flacon pomiforme*, goulot long, peu évasé, ornements sur la panse. Superbe irisation multicolore.

Haut. : $0^{m}14$.

67 — Beau *flacon pomiforme*, goulot évasé, ornements sur la panse. Superbe irisation multicolore.

Haut. : $0^{m}1$

68 — Neuf petits verres irisés en bon ou mauvais état.

ASSIETTES, BOLS ET PLATS
DE PERSE ET DE BOUKHARA

69 — Trois *assiettes*, décor noir sur bleu turquoise.

70 — Deux *bols*, décor bleu sur fond blanc.

71 — Deux pièces : *bol* et *couvercle*, décor bleu sur blanc.

72 — Trois petites *assiettes*, décor bleu sur blanc.

73 — Trois petites *assiettes*, décor bleu sur blanc.

74 — Deux petites *assiettes*, décor bleu, dessins ou oiseau, sur blanc.

75 — Grand *plat Boukhara* vert.

76 — *Assiette Boukhara* vert et marron.

77 — Grand *plat Boukhara* kaki clair.

78 — Grand *plat Boukhara*, décor polychrome en relief, sujets fleurs et feuillage, sur fond blanc.

79 — Deux *bols*, décor bleu sur blanc.

80 — Deux *bols* à jour, décor bleu et noir, poissons et dessins sur blanc.

81 — Deux *bols* à jour, décor bleu et noir sur fond blanc.

82 — Deux *bols*, décor noir sur vert turquoise.

83 — Deux *assiettes* turquoise, dont l'une à reflets métalliques, décor noir.

84 — Grand *plat Boukhara* turquoise.

85 — *Œnochoé* à anse *Cachan*, décor bleu, sujets arbustes, sur fond blanc.

86 — *Œnochoé* à anse *Cachan*, décor noir sur blanc.

87 — *Porte-bouquets* à six goulots, *Cachan*, vert.

88 — *Porte-bouquets* à trois goulots, *Cachan*, décor bleu, sujets fleurs et dessins, sur fond blanc.

89 — *Narghilé* avec fourneau, décor noir, sujets dessins et poissons sur blanc.

90 — *Porte-bouquets* bleu à reflets métalliques.

91 — Grand *plat Boukhara* vert et marron.

92 — Grand *bol Boukhara* vert et marron.

93 — Grand *plat Boukhara* vert et marron.

94 — Grand *plat Boukhara* vert.

95 — Grand *bol Boukhara*, dessins noirs sur turquoise.

96 — Grand *éléphant* chargé, décor noir sur bleu turquoise. Très belle pièce décorative.

97 — Trois *assiettes*, décor noir sur vert turquoise.

98 — Deux petites *assiettes*, décor noir sur vert turquoise.

99 — Deux petites pièces : *Œnochoé* à anse, décor noir sur turquoise, et *vase à fleurs*, décor polychrome.

100 — Deux *assiettes*, décor bleu sur blanc.

101 — Deux *assiettes*, décor bleu, sujets dessins ou deux oiseaux, sur blanc.

102 — Deux petites *assiettes*, décor bleu et noir sur blanc.

103 — Deux *assiettes*, une décor bleu sur blanc, et l'autre décor noir sur vert turquoise.

104 — Deux *assiettes*, décor bleu et noir sur blanc.

105 — *Assiette*, beau décor bleu, sujets oiseaux, fleurs et dessins sur fond blanc.

106 — Deux *assiettes*, décor bleu sur blanc.

107 — *Assiette*, décor bleu et noir, sujets dessins et inscriptions arabes sur blanc.

108 — Deux *assiettes*, décor bleu ou bleu et noir sur blanc.

109 — *Assiette*, décor bleu et noir, sujets château et poissons, sur blanc.

110 — *Assiette*, décor bleu, sujets deux personnages et feuillage, sur blanc.

111 — *Assiette Rhagès*, décor polychrome sur blanc.

112 — Deux petites *assiettes*, décor bleu et noir sur blanc.

113 — Deux petites *assiettes*, décor bleu, sujets l'une château et l'autre figure sur blanc.

114 — Deux petites *assiettes*, décor bleu sur blanc.

115 — Deux *assiettes*, décor bleu sur fond blanc.

116 — Deux petites *assiettes*, l'une bleu et noir sur blanc, personnage, et l'autre bleu sur blanc.

117 — Deux toutes petites *assiettes*, bleu sur blanc.

118 — Deux *assiettes*, l'une bleu avec noir sur blanc, et l'autre noir sur turquoise.

119 — *Bol* à jour, à l'intérieur décor bleu et noir, et à l'extérieur décor polychrome, sur fond blanc.

120 — Deux *bols* à jour, décor bleu et noir sur blanc.

121 — *Bol* à jour, décor bleu et noir, sujets paons et poissons, sur fond blanc.

122 — *Bol* à jour, bleu et noir, paons et poissons, sur blanc.

123 — *Bol* à jour, décor bleu, noir et marron, sujet figure, sur blanc.

124 — *Bol* à jour, décor bleu et noir, et inscriptions arabiques, sur blanc.

125 — *Bol*, décor bleu et noir, paons, feuillage et dessins sur fond blanc.

126 — Deux *bols* à jour, décor bleu et noir sur blanc.

127 — *Bol*, décor bleu, noir et marron, figure, sur blanc.

128 — *Bol* à jour, décor bleu sur blanc.

129 — *Bol* à jour, décor bleu et noir, paons, sur blanc.

130 — Grand *plat*, décor bleu, sujets figure, châteaux, arbres et oiseaux, sur fond blanc.

FAIENCES DE FOUILLES DE PERSE

Xe AU XIVe SIÈCLES

131 — Deux faïences : *Bol* et petit *vase*, décor bleu sur fond crème.

132 — Deux *bols*, l'un crème et l'autre bleu.

133 — *Bol Guébry*, rayures marron et vert sur crème jaune.

134 — *Vase* à anse bleu à reflets métalliques.

135 — Beau *bol*, décor bleu, vert et noir sur fond crème.

136 — Deux *fonds de bols*, un à reflets métalliques, décor personnage, cavaliers et inscriptions coufiques, et l'autre décor bleu et noir sur blanc, sujet cerf.

137 — Quatre *fonds de bols*, deux à reflets métalliques, un décor noir sur turquoise irisé, et un autre rayures blanches sur marron.

137 *bis* — *Vase* à anse turquoise, décor en relief.

138 — Petit *vase* à quatre anses, bleu irisé.

139 — Deux petites faïences *Sultanabad* turquoise irisé, *vase* à deux anses et *bol*.

139 *bis* — *Vase* à anse lapis irisé.

140 — Petit *vase Sultanabad* turquoise irisé.

141 — Deux faïences à reflets métalliques, *vase* et *bol*.

141 *bis* — *Vase porte-monnaie* à reflets métalliques.

142 — *Vase Sultanabad* turquoise irisé.

143 — *Bol* turquoise irisé.

144 — *Bol*, décor noir sur fond turquoise irisé.

145 — *Vase-rouleau*, décor noir sur turquoise irisé. Jolie forme.

146 — Grand *plat* tricolore à reflets métalliques, décor sujets deux personnages. A l'extérieur indigo.

147 — *Plat* tricolore, bleu, vert et blanc.

148 — Deux faïences à reflets métalliques, *bol* et *œnochoé* à anse, sur le goulot de laquelle deux petits animaux en relief.

149 — *Vase* à trois anses, faïence *Guébry*, décor vert sur fond crème, irisé.

150 — Deux *bols Guébry* vert irisé.

151 — Grand *bol* profond crème, décor bleu.

152 — *Plat*, décor rayures fines blanches sur bleu, irisé.

153 — *Plat* creux marron à reflets métalliques, décor sujets personnage et inscription coufique.

154 — *Plat* creux, faïence *Guébry*, décor vert sur fond crème, irisé.

155 — *Bol Guébry*, décor gravé, dessins marrons.

156 — Deux faïences émaillées, *bol* et *passoire*.

157 — Deux *vases* à anse en terre cuite.

158 — *Vase* à anse turquoise.

159 — *Carafe* turquoise.

160 — *Vase* à anse *Guébry*, vert foncé.

161 — Six tout petits *vases* turquoise ou pourpre clair.

162 — *Vase* à deux anses, décor noir sur vert turquoise.

163 — Deux *vases* turquoise, irisés.

164 — Deux pièces en terre-cuite, décor en relief, *vase* et *œnochoé* à anses.

165 — Deux pièces en terre-cuite, décor en relief, *œnochoé* et *vase* à anses.

166 — Trois petites pièces à anse, deux *vases* et une *lampe*.

167 — Deux petites faïences, *vase* bleu et *passoire* crème.

168 — Trois petites faïences à reflets métalliques, deux *bols* et un *vase*.

169 — *Carafe* vert turquoise, décor gravé.

170 — Deux petits *vases* à anse, bleus, irisés.

171 — Deux petits *vases* à anse, un terre-cuite, décor en relief et un à rayures bleues sur fond crème.

172 — *Bol*, rayures bleues sur fond blanc.

173 — *Bol* faïence *Guébry*, décor gravé, dessins verts.

174 — *Bol Guébry*, décor gravé, dessins marrons et verts.

175 — Deux petits *bols* profonds, bleus.

176 — Trois faïences : petit *bol* turquoise, irisé, décor noir et deux *vases* tout petits.

177 — *Bol*, décor blanc en relief, sujets animal, fleurs et feuillage sur fond marron.

178 — *Bol* crème, irisé, décor bleu.

179 — Deux faïences : petit *bol*, décor bleu sur blanc, irisé et tout petit *vase* marron.

180 — *Bol Guébry*, décor vert foncé sur fond crème jaune, oiseau au milieu.

181 — *Bol* bleu.

182 — Deux faïences turquoise : *bol* et *plat*.

183 — *Bol*, décor bleu et noir sur fond crème, cerf au milieu.

184 — *Bol* à reflets métalliques, décor cinq personnages dans des médaillons.

185 — *Bol* profond crème, à l'extérieur décor gravé et rayures vertes.

186 — Grand *vase* à anse, décor noir sur fond turquoise, irisé.

187 — *Vase* à deux anses, bleu irisé.

188 — *Vase* à quatre anses, rayures vertes gravées sur fond vert noir.

189 — Grande *œnochoé* turquoise irisé.

190 — *Vase* turquoise irisé, décor en relief, sujets points.

191 — *Lanterne* faïence *Guébry*, vert irisé.

192 — Deux *vases* bleus à anse.

193 — Très grand *bol* profond bleu, à l'extérieur décor gravé.

194 — *Bol* faïence *Guébry*, décor gravé, sujet oiseau.

195 — Deux *bols* pourpres.

196 — *Assiette* bleue.

197 — Deux petites pièces : *vase* à anse en terre-cuite, décor en relief, sujet inscription coufique et *vase Guébry*, turquoise irisé.

198 — Trois petites faïences : deux *bols*, un blanc, un bleu et un *vase* turquoise.

199 — Deux petites faïences crème irisé : *vase* à deux anses et *bol*.

200 — Deux petits *bols*, un décor noir sur turquoise et un autre décor bleu, marron et noir sur blanc.

201 — Trois petits *bols*, un décor noir sur turquoise et deux *Guébry* dont l'un vert et l'autre marron.

202 — Deux *vases* : un à anse turquoise et un autre rouleau, décor rayures noires et vertes sur fond crème.

203 — Trois petites faïences bleues : *bol*, *tasse à anse* et *vase* à reflets métalliques.

204 — *Carafe* turquoise, décor gravé.

205 — *Vase* à anse turquoise.

206 — Petit *vase* à deux anses, turquoise irisé.

207 — *Carafe* turquoise.

208 — *Carafe* lapis, décor en relief.

209 — *Bol* profond turquoise.

210 — *Bol* à reflets métalliques, décor sujets inscription coufique et dessins.

211 — *Vase* à anse turquoise, inscription coufique en relief.

212 — Deux terres-cuites à décor en relief : *vase* à anse et petite *plaque*, sujets trois personnages.

213 — Grand *plat* bleu irisé.

214 — Grand *bol* décor blanc et noir en relief, sujets oiseaux et feuillage sur fond crème.

215 — Grande *carafe* turquoise.

216 — *Carafe* bleue à reflets métalliques, inscription coufique et dessins noirs.

217 — *Bol* profond turquoise, à l'extérieur décor gravé.

218 — *Vase* à anse turquoise.

219 — *Vase* à anse crème.

220 — *Carafe* à reflets métailiques, décor sujets trois personnages. Le goulot aboutit à une tête de coq.

221 — *Bol* à reflets métalliques, décor sujets six personnages.

222 — *Bol* à reflets métalliques.

223 — Deux *bols* bicolores à reflets métalliques.

224 — Deux faïences bleues à reflets métalliques: *bol* et *assiette.*

225 — Petit *bol* à reflets métalliques, inscription arabique.

226 — Grand *bol* faïence *Guébry* turquoise. Irisé.

227 — *Bol* décor noir et inscription arabique sur fond crème irisé.

228 — *Bol Guébry*, décor gravé.

229 — *Bol* crème à jour, décor marron.

230 — Deux pièces: *bol* et petit *vase* à anse turquoise.

231 — Petit *bol*, décor noir sur turquoise.

232 — Deux petites pièces: *vase* à anse crême, décor gravé et *lampe* à trois becs turquoise. Irisées.

233 — Trois petits *bols*, un décor vert sur fond noir et deux bleus.

234 — *Vase* décor blanc et noir sur fond rougeâtre.

235 — *Couvercle* de bonbonnière, dessins noirs sur turquoise.

236 — *Bol* profond gros bleu, décor en relief.

237 — *Œnochoé* à anse turquoise, décor en relief.

238 — *Vase* à anse, reflets métalliques.

239 — Deux *bols* dont l'un bicolore à reflets métalliques.

240 — Deux *bols*, dont l'un bleu à reflets métalliques.

241 — *Bol* à reflets métalliques, personnages.

242 — Deux faïences : *bol* et *aseiette* turquoise.

243 — Deux faïences : *bol Guébry*, oiseaux et dessins gravés, et *petit bol*, dessins noirs sur turquoise.

244 — Deux *vases* à anse, l'un avec inscriptions arabiques et rayures turquoise sur noir et l'autre dessins noirs sur turquoise irisée.

245 — Deux *bols Guébry* crème, dessins marrons avec noir et bleu.

246 — Trois tout petits *bols Guébry* verts ou crèmes.

247 — Deux petites faïences : *assiette* crème et *œnochoé* à anse, dessins turquoise sur noir.

248 — *Bol Guébry* gravé, dessins marrons et verts sur crème.

249 — *Bol*, dessins noirs sur turquoise.

250 — *Bol* turquoise.

251 — *Vase-rouleau* turquoise.

252 — Grand *bol*, dessins noirs sur turquoise.

253 — *Carafe* à quatre anses *Guébry* vert foncé. Bel *émail* et *cachet-signature* et autres *cachets* gravés.

254 — *Vase* à anse, décor sujets rayures turquoise sur noir.

255 — *Vase* lapis, décor en relief.

256 — *Carafe* lapis, inscription coufique en relief.

257 — *Carafe* turquoise irisée.

258 — *Vase* à fleurs *Rhagès*, décor polychrome, fleurs et feuillage.

259 — Petit *vase* à deux anses *Sultanabad* turquoise irisée.

260 — *Carafe* turquoise, inscription coufique en relief.

261 — Petit *vase Sultanabad* à deux anses. Irisé.

262 — *Bol* à quatre anses turquoise.

263 — Petit *bol* profond turquoise, décor en relief.

264 — *Vase* à anse turquoise, irisation dorée.

265 — *Porte-Coran* à jour, turquoise.

266 — Deux *bols*, un *Arac*, décor bleu, vert et noir, sujets animal et feuillage en relief sur blanc et un à reflets métalliques.

267 — Trois petits *bols*, mauve, bleu et un à rayures bleues sur blanc.

268 — *Bol* à reflets métalliques.

269 — *Bol Guébry* jaune clair.

270 — *Bol Guébry* vert.

270 *bis* — *Vase* vert turquoise irisé.

271 — *Vase* à anse turquoise, décor en relief, sujets animaux.

272 — *Théière* à trois anses, blanche.

273 — Deux *bols*, un *Rhagès* polychrome et un à reflets métalliques.

274 — *Bol* à reflets métalliques, décor sujet personnage.

275 — Deux *bols*, un à reflets métalliques et un petit bleu.

FAIENCES DE FOUILLES DE SYRIE

XIIIe ET XIVe SIÈCLES

275 *bis* — *Bol Rakka*, décor bleu et marron sur fond verdâtre.

276 — Petit *vase* à quatre anses *Rakka* vert turquoise.

Haut. : 0m25.

277 *bis* — *Vase* faïence *Rakka* turquoise irisé. Bien restauré.

277 — Grand et beau *vase* à deux anses faïence *Rakka* vert turquoise. Pièce décorative.

Haut. : 0m50

277 *bis* — Grand *bol* *Rakka* turquoise. Bien restauré.

278 — *Vase* *Rakka* turquoise irisé. Décor en relief.

Haut. : 0m39.

278 *bis* — *Compotier* faïence *Rakka* vert turquoise irisé.

279 — *Vase* *Rakka* blanc irisé.

279 *bis* — Trois faïences *Rakka* : *porte-monnaie* et deux petits *vases* turquoise.

280 — Grande *assiette* creuse faïence *Rakka*, décor noir sur fond vert turquoise.

280 *bis* — Deux *bols Rakka* à reflets métalliques.

281 — Deux *bols Rakka*, décor noir sur fond vert turquoise avec irisations.

281 *bis* — Deux petits *bols Rakka*, un pourpre et un décor noir sur crème.

282 — Grande *assiette* faïence *Rakka* à reflets métalliques.

282 *bis* — Deux petites faïences *Rakka* irisées, décor noir sur fond turquoise : un *bol* et un *vase* à anse.

POTICHES, PLATS, BOLS

ET FAIENCES DE PERSE

283 — Grande *potiche*, décor bleu et noir sur fond blanc.

284 — *Potiche*, décor bleu sur fond blanc.

285 — *Potiche*, décor polychrome sujets personnages et oiseaux sur fond blanc.

286 — *Potiche*, décor bleu sur fond blanc.

287 — *Potiche*, bleu sur blanc.

288 — Deux *potiches*, une à décor bleu sur blanc et une petite à décor polychrome sur crème.

289 — Deux petites *potiches*, décor polychrome sujets personnages et fleurs sur fond blanc.

290 — Deux *potiches*, décor polychrome sujets personnages sur fond crème.

291 — *Potiche*, décor polychrome sur crème.

292 — *Potiche*, décor shah-Abbas bleu et noir sur blanc.

293 — Petite *potiche*, décor polychrome sur fond blanc.

294 — *Potiche*, décor bleu, sujets oiseaux et dessins sur blanc.

295 — Grande *potiche* verdâtre.

296 — Deux *potiches*, une à décor bleu et l'autre polychrome sur blanc.

297 — Deux petites *potiches*, décor noir sur vert turquoise.

298 — Deux petites *potiches*, décor noir sur vert turquoise.

299 — Deux petites *potiches*, décor noir sur vert turquoise.

300 — *Potiche*, décor bleu sujets personnages, etc., sur crème.

301 — *Potiche*, décor bleu sujets personnages, etc., sur crème.

302 — *Potiche*, décor bleu sujets personnages, etc., sur crème.

303 — *Potiche*, décor bleu sujets personnages, etc., sur crème.

304 — *Potiche*, décor bleu sujets personnages, etc., sur crème.

305 — Deux petites *potiches*, décor polychrome sur crème.

306 — Deux petites *potiches*, décor marron sur blanc.

307 — Deux petites *potiches*, décor polychrome sur crème.

308 — Deux petites *potiches*, décor polychrome sur crème.

309 — Deux petites *potiches*, décor polychrome sur crème.

310 — Deux *potiches*, décor bleu sur blané.

311 — Deux *potiches*, décor bleu sur blanc.

312 — Deux *potiches*, décor bleu sur blanc.

313 — Deux *potiches*, décor bleu sur blanc.

314 — Deux *potiches*, décor bleu sur blanc.

315 — Grand *plat Boukhara*, décor bleu sur blanc.

316 — Grand *plat Boukhara*, décor bleu sur blanc.

317 — Grand *plat Boukhara*, décor bleu sur blanc.

318 — Grand *plat Boukhara*, décor bleu sur blanc.

319 — Grand *plat Boukhara*, décor bleu sur blanc.

319 *bis* — Grand *plat Boukhara*, décor bleu sur blanc.

320 — Grand *plat Boukhara*, décor bleu et noir sur turquoise.

321 — Grand *bol Boukhara*, décor noir sur vert turquoise.

322 — Deux pièces *Cachan* : *encrier* turquoise irisé et petit *plat* turquoise.

322 *bis* — Deux *carafes Cachan* bleu turquoise.

FAIENCES DE PERSE

323 — Grand *bol* décor bleu.

323 *bis* — *Bol*, émail translucide.

324 — *Bol*, décor vert.

325 — *Bol*, décor bleu turquoise.

326 — Petit *bol*, décor bleu turquoise.

326 *bis* — Deux *bols* faïence de *Khorassan*.

327 — Deux *vases*, décor bleu.

328 — Deux petits *vases*, décor bleu turquoise.

328 *bis* — Deux petits *vases*, décor bleu turquoise.

329 — Petit *vase*, décor bleu turquoise.

329 *bis* — *Porte-bouquets*, décor bleu sur blane.

330 — *Vase* à anse, décor bleu turquoise.

330 *bis* — Deux *vases*, décor sujets personnages et fleurs.

331 — Huit *assiettes*.

331 *bis* — Huit *assiettes*.

332 — Sept *assiettes*.

332 *bis* — *Plateau* à godets.

PLAQUES DE REVÊTEMENT

333 — Grande *plaque de revêtement* à reflets métalliques.

334 — Petite *plaque de revêtement Méréab* à reflets métalliques, inscription arabique en relief et dessins.

335 — *Panneau* de neuf pièces : cinq étoiles à reflets métalliques et quatre croix turquoise.

335 *bis* — *Panneau* de neuf pièces : cinq étoiles à reflets métalliques et quatre croix turquoise.

336 — *Panneau* de quinze pièces, étoiles turquoise et croix lapis.

337 — Trois *plaques* : deux pentagones en mosaïque polychrome et petite ronde polychrome.

337 *bis* — Quatre pièces : une *étoile* à reflets métalliques, trois *fragments* de plaques à reflets métalliques ou émaillées.

338 — Grande *plaque* turquoise à jour.

339 — Deux *couronnes* turquoise, décor en relief.

340 — Trois pièces : un *carreau* mosaïque et deux *bordures* turquoise.

CUIVRES, BRONZES ET MÉTAUX

DE PERSE

341 — *Chandelier*, métal incrusté argent.

342 — *Carafe*, métal incrusté argent.

Haut. : 0m23.

343 — *Carafe*, métal incrusté argent.

Haut. : 0m20.

344 — *Carafe* à deux petites anses, metal incrusté or.

Haut. : 0m27.

345 — Trois *parties de fusils*, fer incrusté argent.

346 — *Vase* à fleurs cuivre, décor ciselé sujets personnages dans des médaillons, fleurs, feuillage et inscriptions arabiques.

Haut. : 0m22.

347 — *Coffret à bijoux* bronze, décor gravé.

348 — Grande *bonbonnière* cuivre, décor gravé sujets dessins et inscriptions arabiques.

349 — Grande *coupe* bronze, décor gravé sujets personnages, animaux et inscriptions arabiques. Piece très intéressante.

350 — Deux *coupes*, grande et petite, cuivre, décor gravé sujets inscriptions arebiques. Pièces très intéressantes.

351 — *Narghilé* cuivre et bronze, décor ciselé.

352 — Deux bronzes : *partie de narghilé* et *bol*, décor ciselé et gravé.

353 — Trois pièces : deux *lampes* à six et à sept becs, bronze, et *poudrier*, fer incrusté argent.

354 — Deux bronzes : *bœuf* et *chien habillé* debout sur socles.

355 — Trois bronzes : *petite tasse*, inscriptions arabiques gravées, *hache*, décor ciselé sujets animaux et feuillage et *moule de cachets*. Pièces intéressantes.

356 — Grand *mortier* cuivre, décor gravé et en relief.

357 — Deux *cannes* de derviche, fer incrusté argent.

TAPIS DE PERSE

358 — *Tapis Turkeman*, dessin polychrome.

2m45 sur 1m25.

359 — *Tapis Turkeman*, dessin polychrome.

2m80 sur 1m15.

360 — *Partie de tapis* ancien *Chiraz*, dessin polychrome, sujets palmettes sur fond rouge.

2m10 sur 1m90.

361 — Petit *tapis Chiraz*, dessin polychrome.

1m00 sur 0m90.

362 — *Tapis* ancien *Ferahan*, dessin polychrome sur fond bleu.

3m20 sur 1m70.

363 — *Tapis* ancien *Gachegaï*, dessin polychrome, sujets palmettes sur fond bleu.

3m60 sur 1m65.

364 — *Tapis* ancien *Khorassan*, dessin polychrome sur fond noir.

3m20 sur 1m60.

365 — *Tapis* ancien *Hamedan*, dessin polychrome, sujets poissons sur fond rouge.

4m sur 1m80.

366 — *Tapis* ancien *Gahim*, dessin polychrome sur fond bleu.

3m25 sur 1m65.

367 — Beau *tapis* ancien *Kerman*, fin dessin polychrome, sujets petites palmettes avec bordure décor sujets palmettes.

2m25 sur 1m25.

368 — *Tapis Chiraz*, dessin polychrome sur fond bleu.

2m80 sur 1m35.

369 — *Tapis* ancien *Birdjen*, dessin polychrome, sujets palmettes sur fond bleu.

3m50 sur 1m65.

370 — *Tapis* ancien brodé *Turkeman*, dessin polychrome.

2m60 sur 1m35.

371 — *Tapis* ancien *Kerman*, dessin polychrome sur fond bleu.

4m50 sur 2m.

372 — *Tapis Chiraz*, dessin polychrome sur fond bleu.

2m45 sur 1m40.

373 — *Tapis Chiraz*, dessin polychrome sur fond bleu.

2m45 sur 1m60.

374 — *Tapis Kerman*, dessin polychrome, sujets palmettes sur fond bleu.

1m40 sur 1m10.

375 — *Tapis Chiraz*, dessin polychrome sur fond bleu.

1m80 sur 1m20.

376 — *Tapis Gachegai*, dessin polychrome sur fond bleu.

1m65 sur 1m25.

377 — *Tapis Gachegaï*, dessin polychrome sur fond bleu.

1m90 sur 0m90.

378 — *Tapis Chiraz*, dessin polychrome sur fond bleu.

1m90 sur 1m25.

379 — *Tapis Chiraz*, dessin polychrome sur fond bleu.

1m60 sur 1m20.

380 — *Tapis double face Chiraz*, dessin polychrome sur fond bleu.

2m10 sur 1m50.

381 — *Tapis Chiraz*, dessin polychrome sur fond bleu.

2m sur 1m20.

382 — Grand *tapis Khorassan*, dessin polychrome sur fond bleu.

4m30 sur 2m15.

383 — *Tapis Hamedan*, dessin polychrome sur fond bleu

3m15 sur 1m70.

384 — *Tapis Chiraz*, dessin polychrome sur fond bleu et rouge.

1m80 sur 1m15.

385 — *Tapis Chiraz*, dessin polychrome.

1m65 sur 1m36.

386 — *Tapis Ferahan*, dessin polychrome.

1m90 sur 1m20.

387 — Très grand *Tapis Khorassan*, dessin polychrome sur fond rouge, bordures polychromes.

Environ 7m sur 6m.

388 — Grand *tapis*, dessin polychrome.

389 — *Tapis*, dessin et bordures polychromes.

390 — *Tapis*, dessin polychrome.

391 — *Tapis*, dessin polychrome.

392 — *Tapis*, dessin polychrome.

393 — *Tapis*, dessin polychrome.

394 — Petit *tapis* double face, dessin polychrome sur fond rouge et bleu.

1m45 sur 1m18.

395 — Deux tout petits *tapis*, décor polychrome.

0m98 sur 0m72 et 0m68 sur 0m63.

396 — Quatre tout petits *tapis*, dessin polychromes

397 — Trois pièces : *un double sac* et deux tout petit. *tapis*, dessin polychrome.

ÉTOFFES ET SOIERIES DE PERSE

398 — Trois petits *panneaux* de soierie de Perse, Zari, tissée fil doré, dessin polychrome.

399 — *Panneau* tout brodé soie, dessin polychrome. Belle bordure.

0m95 sur 0m88.

400 — Deux *panneaux* de Zari, dessin polychrome.

401 — Trois *panneaux* de Zari, dessin polychrome.

402 — Deux *panneaux* tissés soie et fil doré sur fond rouge. Très belle bordure polychrome.

403 — Trois *panneaux* de Zari, dessins variés polychromes.

404 — Quatre petits *panneaux* de dessins variés et polychromes.

405 — Trois *panneaux* de Zari, dessin polychrome.

406 — Trois *panneaux* de Zari, fond rouge ou vert,

407 — Trois *panneaux* de Zari et broderie soie fil doré.

408 — Trois beaux *panneaux* de Zari, dessin polychrome sur fond blanc.

409 — Trois *panneaux* de Zari et soierie, dessin polychrome sur fonds variés.

410 — Deux *panneaux* de Zari, fond rouge.

412 — Deux *panneaux* de Zari fond doré, dessins palmettes.

413 — Trois *panneaux* de Zari, dessin polychrome.

414 — Trois *panneaux* de Zari, dessin varié.

415 — Trois *panneaux* de Zari, dessin polychrome.

416 — Trois *panneaux* dont l'un velours.

417 — Grand *panneau* de différents échantillons de Zari, dessins et fonds variés.

1m65 sur 1m05.

418 — Grand *panneau* velours Cachan.

419 — Six tout petits *panneaux* de Zari, dessins e fonds variés.

420 — Six petits *panneaux* de Zari ou velours.

421 — Trois *panneaux* de Zari, dessin polychrome.

422 — Sept *panneaux* de Zari, dessin polychrome.

423 — Huit petits *panneaux* de Zari, dessin polychrome.

424 — Sept petits *panneaux* ou échantillons de Zari et autres.

MANUSCRITS ENLUMINÉS

MINIATURES

425 — *Manuscrit* avec dix-sept miniatures polychromes.

426 — *Manuscrit* (verdict) d'un ancien shah de Perse. Reliure en cuir.

427 — *Coran* avec deux *garde-pages* et plusieurs rosaces. Reliure en cuir.

428 — *Coran* avec deux *garde-pages* polychromes. Reliure en cuir.

429 — *Manuscrit* avec *quatre miniatures* et un *frontispice* polychrome. Reliure cuir.

430 — *Manuscrit* avec un *frontispice* polychrome. Reliure cuir.

431 — *Manuscrit* avec *quatre miniatures*, une rosace et un *frontispice* polychrome. Reliure cuir.

432 — *Manuscrit* avec *une miniature* et un *frontispice* polychromes. Reliure cuir.

433 — *Manuscrit* avec *deux miniatures* et deux frontispices. Reliure cuir.

434 — Deux *calendriers*, décors polychromes.

435 — *Quatre enluminures polychromes*, inscriptions arabesques versets du Coran.

436 — *Manuscrit* avec une *miniature* et deux garde-pages polychromes. Reliure cuir.

437 — Manuscrit avec *un frontispice* et *trente-neuf rosaces*. Reliure cuir.

438 — *Manuscrit* avec un frontispice. Reliure cuir rouge.

439 — Trois pièces : *Miniature* sur parchemin, *garde-page* et *texte* de médecine.

440 — *Miniature* polychrome, sujet personnage.

441 — *Miniature* persane du XVIIe siècle. Personnage. Encadrée.

442 — *Miniature* persane polychrome. Encadrée.

443 — *Miniature* persane polychrome. Encadrée.

444 — *Miniature* persane. Encadrée.

444 *bis* — *Reliure* en laque de Perse.

445 — *Miniatures* : Deux animaux. Encadrée.

446 — *Miniature* polychrome : La Mère et l'enfant. Encadrée.

447 — *Miniature* polychrome. Encadrée.

447 *bis* — *Manuscrit* avec *une miniature* et un *frontispice*.

VERRES DE PERSE

448 — Deux pièces : *Cuvette* et *œnochoé* à anse blanches.

449 — Deux pièces : *Cuvette* blanche et *œnochoé* à anse bleue.

450 — *Œnochoé* bleue.

451 — Deux pièces : *Bol* et *soucoupe* bleus, décor doré.

452 — Trois petites *assiettes* bleues.

453 — Deux pièces bleues : *Vase à anse* et *soucoupe*, bords émaillés blancs.

454 — Quatre petits *vases* à fleurs bleues.

455 — Deux *flacons* à pied, bleus.

456 — Deux pièces bleues : *chandelier* et *carafe*.

TOILES IMPRIMÉES DE PERSE

457 — Deux *toiles* imprimées.

458 — Deux *toiles* imprimées.

459 — Deux *toiles* imprimées.

460 — Deux *toiles* imprimées.

461 — Deux *toiles* imprimées.

BIJOUX ANCIENS OR ET ARGENT

BRONZES ET OBJETS DIVERS

461 *bis* — Quatre *bracelets* : Deux en argent et deux en bronze, époque romaine.

462 — Deux *statuettes* art musulman en or et en argent.

463 — Quatre *statuettes*, trois en bronze et une en terre cuite émaillée.

464 — Cinq bijoux : *deux boucles d'oreilles*, turquoises sur or, *porte-prière or*, *pendentif* or et pierre et bracelet argent.

465 — *Huit bagues*, turquoises sur or.

466 — Deux *boites* à poudre émaillées, décor polychrome.

466 *bis* — Deux *pièces* : Boite à poudre émaillée et *flacon* en jade.

467 — Deux pièces : *Boîte* à poudre émaillée et *flacon* en jade.

468 — Deux *assiettes* de Chine, décor polychrome et doré.

468 *bis* — Enorme *plat* de Chine, décor polychrome.

469 — Deux *plats*, beau décor polychrome.

469 *bis* — Deux *assiettes*, décor polychrome en bleu.

470 — Six *petits plats* en bois sculpté.

471 — Quatre pièces : un *plumier* et trois ***boites à miroir*** en bois, travail persan,

472 — *Collier* en grenats.

472 *bis* — *Collier* en cristaux de roche.

473 — *Collier* en améthystes.

473 *bis* — *Collier* de dix-sept cachets assyriens et autres.

474 — *Statuette* babylonienne en ivoire.

474 *bis* — Deux grands *anses* romains : têtes de lions, bronze.

475 — Douze *terres cuites* : statuettes, animaux et tête et un scarabée émaillé.

475 *bis* — Trois *peintures* persanes, personnages.

476 — Objets omis.

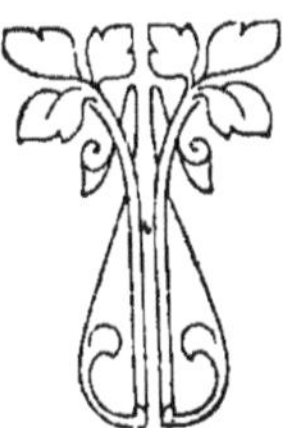

www.ingramcontent.com/pod-product-compliance
Ingram Content Group UK Ltd.
Pitfield, Milton Keynes, MK11 3LW, UK
UKHW020506180726
13839UKWH00004B/1938